AF582680

Los huacos mágicos

Pedro Barreda Torres

EDIQUID

LOS HUACOS MÁGICOS

Editado por: Corporación Ígneo, S.A.C.
para su sello editorial Ediquid
José Olaya 169, Ofic. 504, Miraflores. Lima, Perú
Primera edición, julio, 2024

ISBN: 978-612-5160-19-5
Tiraje: 50 ejemplares

Hecho el Depósito Legal en la Biblioteca Nacional del Perú N° 2024-05504
Se terminó de imprimir en julio de 2024 en:
ALEPH IMPRESIONES SRL
Jr. Risso Nro. 580 Lince, Lima

www.grupoigneo.com
Correo electrónico: contacto@grupoigneo.com | Teléfono: +51 955 071 270
Facebook: Grupo Ígneo | X: @editorialigneo | Instagram: @grupoigneo

Ilustración de la portada: Fátima Rodríguez Espinoza

Colección: Nuevas voces

La música es y siempre será muy importante en mi vida. Este código QR te llevará a una *playlist* con canciones especiales para mí. Algunas de ellas me teletransportan a mi infancia y otras que me acompañaron durante todo el proceso creativo de la historia.

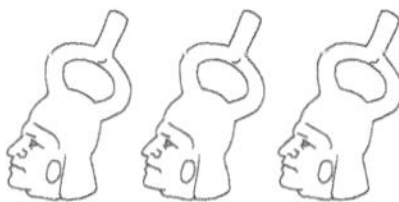

—Mamá Luz, ¿puedes seguir contándome el cuento del otro día? —dijo José.

—Claro que sí. A ver... creo que nos quedamos en... —respondió Luzmila, mientras pasaba unas páginas amarradas con unos viejos hilos.

—...cuando esos hombres malos llegaron al Perú.

—Sí, unos hombres llegaron al Perú en busca de gran fortuna, fortuna que le pertenecía a nuestros ancestros los incas. Sin mucho problema, capturaron a un solitario Atahualpa mientras este paseaba por Cajamarca. Su prisión fue una habitación de piedra que se conservan hasta el día de hoy. Atahualpa era el hombre más grande y fuerte de todo el imperio, pero por alguna extraña razón temía por su vida. Por ello, intentó hacer un trato con la persona que estaba a cargo de estos invasores. Atahualpa le dijo con total confianza y voz alta: «Si me liberan yo puedo cubrir todo el suelo de oro». Y Pizarro le respondió, junto a las risas de sus demás compañeros: «No digas incoherencias».

»Atahualpa, con una sonrisa, les replicó: «¿No me crees? Puedo cubrir de oro hasta donde llegue mi mano si lo deseo». Pizarro pensó aquella propuesta y le respondió: «Si logras cumplir tal ofrecimiento te prometo... que te liberaré».

»Esa misma noche Atahualpa envió corredores a cada ciudad del Imperio y poco a poco llegaron los cargamentos de oro que se reunieron dentro de la prisión de Atahualpa.

—¿Ellos trataban mal a Atahualpa? —preguntó José.

—No... ellos lo trataban como el emperador que era —continuó mamá Luz—, y ante esa excesiva confianza de los españoles, fue que Cuxirimay, la esposa de Atahualpa, le pasó durante tres días un huaco a la vez mintiendo con su contenido. En sus últimos días de prisionero, a muy poco de completar la recompensa prometida, Atahualpa aprovechó una noche en la que los españoles dormían plácidamente y se reunió con Cuxirimay y el general Quisquis. Ellos no sabían el motivo de su llamado. Entonces fue que Atahualpa puso los tres huacos frente suyo, y, mientras les hablaba, comenzaron a salir de estos unas siluetas con ojos de diferente color. Cuxirimay y Quisquis estaban sorprendidos, pero se sorprendieron aún más con la pregunta que les hizo Atahualpa: «¿Son ellos?».

»Dos de las siluetas volvieron dentro de sus huacos, mientras que la de ojos verdes le respondió: «Sí, y no podemos hacer nada contra ellos». Atahualpa le dijo a la figura: «Muéstrame... que viene para nosotros».

»Los ojos de aquella figura comenzaron a brillar, los ojos de Atahualpa comenzaron a simular aquel color mientras miraba a la nada; de pronto, cerró sus puños con furia, apretó los dientes a la vez que unas lágrimas caían por sus mejillas. Atahualpa caminó hasta la puerta de su prisión, y, viendo los primeros rayos del sol, dijo: «Esto es horrible... pero de los futuros que me mostraste sé cuál de ellos debo elegir».

»Atahualpa volvió corriendo hacia los otros huacos y los abrió, haciendo salir nuevamente a las siluetas. Atahualpa, dirigiéndose a la silueta de ojos azules, dijo: «Deben alejarse. Deben esconderse para que su poder no sea usado de la manera incorrecta. Tú ve al templo de la costa». Luego fue con la de ojos amarillos diciéndole: «Tú irás a algún templo de entre las montañas». Por último, con un poco de melancolía, a la silueta de ojos verdes le dijo: «Y tú... viejo amigo, vuelve a lo más profundo del corazón del nuestro Imperio».

»Una fuerte corriente de viento se sintió dentro de aquella habitación, mientras los huacos temblaban en el aire e iban tomando una coloración diferente uno del otro. El primer huaco emanaba un brillo azul, este saltó hasta el suelo donde, entre movimientos zigzagueantes, desapareció; el siguiente fue el huaco con brillo amarillo que rebotó entre las paredes hasta desaparecer causando un ruido como el de un trueno, y por último el que emanaba un color verde aún se mantenía flotando frente a Atahualpa. «Adiós, amigo», se escuchó antes de que este volara a gran velocidad fuera de la prisión y posteriormente se perdiera en el cielo.

»Cuxirimay le preguntó: «¿Qué hiciste? ¿Por qué no les pediste ayuda?». Atahualpa le respondió: «Porque no hay manera de pelear contra ellos. Es un castigo... que estuve esperando por mucho tiempo».

»Quisquis, quien estuvo vigilando en la puerta, escuchó una conversación de Pizarro que le puso los vellos de punta: «El cargamento está completo, liberaré a Atahualpa tal y como lo prometí». En eso Almagro exclamó: «¡No!, ellos han de tener más, Atahualpa será condenado y nosotros tomaremos posesión de todo.

»Quisquis le dijo a Atahualpa y a Cuxirimay: «Debemos irnos, ¿escucharon? ¡Muévanse, tenemos que irnos, ya!». Sin embargo, Atahualpa respondió firmemente: «Yo debo quedarme...». Quisquis, enojado, replicó: «No es momento de hacerse el valiente. Tienes un ejército que comandar». Atahualpa finalmente le ordenó: «Me quedaré. Llévatela al Imperio; es una orden».

»Mientras, Quisquis y Cuxirimay huían, Pizarro ordenó a sacar a Atahualpa de su prisión y gritó con voz entrecortada: «Atahualpa, se te condena al garrote por fratricidio, poligamia...».

Quince años después

El pequeño niño al que le contaban aquel cuento se convirtió en un profesor, vivía junto a su madre y su pequeño hermano de ocho años en la ciudad de Arequipa. Esta era una mañana como cualquier otra en la que su madre desayunaba para partir a su trabajo.

—Hijo, lavas los platos y llevas a tu hermano, por favor; que no se le haga tarde —dijo Esther antes de toparse con una hoja pegada en el refrigerador—. ¿Hoy se debía dar el adelanto?

—Sí, ¿lo olvidaste? —preguntó José.

—Sí... aparte no me pagan hasta la quincena.

—No te preocupes, yo lo pago, igual me tocaba dar la cuota este mes.

—Gracias, hijo, me voy —respondió Esther mientras le daba un beso en la frente—. ¡Andrés, levántate! —gritó antes de irse.

Al ver que su hermano seguía demorando, José fue a buscarlo a su cuarto. Lo encontró sobre su cama tapado por completo sin hacer ningún movimiento, le dijo:

—Enano, ¿qué pasa?

—No me siento bien —murmuró Andrés.

—¿Seguro? A ver.

José puso su mano sobre su frente.

—No puede ser —dijo de forma exagerada.

—¿Qué pasa? —se levantó preocupado su hermano.

—No te creas chistoso —respondió José, sonriente—. Cámbiate y bajas. Iré preparándote el desayuno.

Luego de unos minutos, Andrés bajó ya con su uniforme. Mientras comía vio el papel pegado sobre el refrigerador.

—¿Está feo? —preguntó José al verlo congelado.

—No, mira —respondió su hermano apuntando al papel.

—Ah, ahora que te dejo en el colegio lo cancelo. Tú tranquilo y yo nervioso.

Andrés le respondió con una sonrisa.

Luego de terminar el desayuno salieron juntos de casa. Tras una pequeña caminata, llegaron al colegio de Andrés. Antes de cruzar la pista que los separaba del colegio se encontraron con la tesorera del salón de Andrés.

—Señora Lili, mi hermano ya tiene para mi viaje —le dijo Andrés alegremente.

—Qué bueno, Andresito. Apresúrate que llegarás tarde —respondió Lili.

Andrés se adelantó.

—Espera el semáforo —le gritó José a lo lejos.

—¿Cancelarás la cuota o todo? —preguntó Lili.

—¿Puedo dar una parte de esta cuota y en el siguiente mes ya completarlo?

—¿Cuánto te falta para esta cuota?

—Ciento veinticinco.

—Está bien, yo lo completo y ya arreglo con tu mamá.

Mientras seguían conversando el tráfico se restableció, cortando el pase entre las dos pistas que los separaban del colegio. Andrés, junto con muchos niños más, estaba en el intermedio de las pistas, esperando que el policía de tránsito los ayudara a pasar.

—¿Sabe si el colegio ya arreglará el puente peatonal? —indagó José.

—El director sigue evitando el tema, pero ya nos urge que se repare.

Poco a poco, un ruido comenzó a hacerse notar. Era el motor de un coche que se acercaba rápidamente y, entre maniobras, empezó a chocar con los demás vehículos de su carril, haciendo que se volcara y golpeara la acera donde los niños esperaban. El

pánico se apoderó de los padres de familia que, atemorizados, comenzaron a buscar a sus hijos. José también buscó en el lugar donde había visto a su hermano por última vez, pero en su lugar solo encontró el coche volcado y al conductor arrastrándose por la puerta.

—¡¿Andrés?! ¡Andrés! —gritó desesperado al no ver a su hermano.

***

Habían pasado unos meses desde la muerte de Andrés. La ausencia del pequeño afectó mucho a la familia. Esther dejó de comer de la tristeza e intentaba llenar el vacío de su hijo con sus alumnos. José cayó en una depresión que lo sumergió en el alcohol. Este era un día como cualquier otro. José, con resaca dormido sobre la mesa de la cocina, fue levantado por una llamada a su celular.

—¿Qué...? —dijo José, confundido, antes de contestar la llamada—. ¿Hola?

—José... ya terminó la sesión —dijo Carlos, su amigo—. ¿Estuviste bebiendo de nuevo? —le preguntó al escuchar voz extraña.

—No... no, ¿cuál fue el veredicto? —José bebió un sorbo de su botella.

—Archivarán el caso.

—Estás bromeando, ¿no? —respondió alterado—. ¡Ese tipo atropelló a tres niños!

—Ese hombre es el hijo del dueño de una constructora y creemos que están comprando el resultado.

—Maldito hijo de...

—¿Cómo está tu madre?

—No la he visto esta mañana. Seguro está en el colegio.

—Deberías estar con ella. Ahora te debe necesitar más que nunca. Te llamo luego, comenzará la otra sesión —dijo Carlos antes de colgar.

José dejó caer el celular sobre la mesa y fijó su mirada en la botella. Tras unos segundos observando su reflejo en el vidrio, comenzó a verse a sí mismo como el tipo que causó el accidente. Consumido por la ira, agarró la botella y la estrelló contra la pared. Luego, caminó hacia la habitación de su hermano y se detuvo en la puerta.

—Lo siento, hermanito...

Se sentó en la cama y luego se acostó sobre ella. Al mover la almohada encontró unas hojas debajo de ella: eran páginas del cuento que lo hizo transportarse al momento en el que su abuelita se lo contaba. «Se dice que los huacos fueron usados por el mismísimo Manco Cápac, ya que en algún punto de la historia Mama Ocllo había sufrido un grave accidente que había terminado con su vida, por lo que Manco Cápac deseó que ella reviviera», recordó de su abuela.

«Ojalá no fuera esto solo un estúpido cuento», dijo en voz alta; desanimado, dejó caer las páginas al suelo.

José cayó dormido, y en sus sueños recordó algo que había ocurrido una de las noches antes del accidente:

—Sí —susurraba Andrés—, ya tengo que dormir, jugamos mañana.

José escuchaba a través de la puerta.

—Andrés —dijo mientras toca la puerta y la abría—, ¿con quién hablas? —preguntó al verlo sorprendido con un pequeño huaco en sus manos.

—Con... con nadie. Estaba ya yendo a la cama —respondió nervioso su hermano.

—¿Qué haces con el huaco de la abuela? Cuidado y se te rompe. Bueno, ya duerme que se hace tarde —dijo José antes de salir de la habitación.

Esto dio vueltas en la cabeza de José, quien al despertar y aún desde la cama, notó el huaco sobre una mesita. Con un profundo suspiro, se levantó y caminó hacia el huaco. Este era un pequeño huaco con líneas que lo rodeaban por completo y que estaba cerrado por una pequeña tapa.

«Si era esto con lo que jugaba», pensó, «o quizás solo era un amigo imaginario».

Después de pensarlo decidió abrir el huaco, quitó la tapa suavemente y vio en su interior. Le dio la vuelta y de él cayeron monedas antiguas.

—Qué estúpido soy —dijo, soltando una pequeña risa.

José dejó el huaco destapado sobre la mesita y regresó a la cama. Permaneció mirando el techo cuando, de repente, comenzó a sentir una pequeña ráfaga de viento que ignoró al principio. El viento, sin embargo, provenía del huaco, cuyas líneas ahora brillaban de un color amarillo intenso. La intensidad del aire aumentó, asustando a José hasta el punto de hacerlo acurrucarse en una esquina de la cama. El viento tomó la forma de un largo tornado que recorrió toda la habitación, y de este torbellino empezó a formarse una gran serpiente.

—No... no eres real, he bebido demasiado.

La serpiente miraba fijamente a José, sin hacer otro movimiento más que recoger su cuerpo formando un círculo. José intentó moverse, pero ninguno de sus músculos respondió; ambos estaban paralizados, mirándose fijamente. De repente, la serpiente comenzó a abrir su boca, revelando sus grandes colmillos. En un abrir y cerrar de ojos, saltó sobre el brazo de José.

Después de la mordida, el cuerpo de José reaccionó y consiguió correr fuera de la habitación. Tropezando, llegó hasta la sala donde su vista empezó a nublarse, fuertes mareos lo derribaron al suelo y desde ahí vio cómo la serpiente se acercaba hacia él con paciencia. En ese momento, el piso comenzó a temblar. José intentó reincorporarse, pero cuando alzó la vista, ya no estaba en su casa. Se encontró en el fondo de un agujero circular de piedra, sus manos cubiertas de tierra y pequeñas gravas. A su lado, una gran pirámide era levemente iluminada por la luz de la luna.

«¿Me morí yo también?», se preguntó a sí mismo.

El suelo bajo sus pies comenzó a rajarse poco a poco hasta que finalmente se rompió, precipitándose. Tosiendo y tocándose la cabeza, aturdido por el golpe, conforme el polvo se disipaba vio un estrecho camino que terminaba en un punto levemente iluminado por la luz de la luna. Con miedo, caminó hacia la luz hasta llegar a su origen: una habitación con ventanales en las esquinas. En el centro de la habitación, sobre una repisa de barro, había un pequeño huaco de barro, idéntico al que tenía en casa, el viejo huaco de su abuela. Al levantarlo, sintió cómo temblaba y su tapa se movía, como si algo dentro quisiera escapar. Al destaparlo, se desataron fuertes vientos desde la cerámica y brillantes líneas doradas comenzaron a pintarse sobre su superficie. El fuerte viento empujó a José hacia una esquina de la habitación, desde donde observó cómo el torbellino tomaba forma de una enorme serpiente que prácticamente cubría todo el espacio. La serpiente, adornada con líneas brillantes muy similares a las que habían aparecido sobre el huaco, se enfrentó cara a cara con José y, luego de mirarlo un momento, comenzó a hablarle.

—¿Por qué me has llamado? —le preguntó la serpiente.

—Tú... ¿tú me hablaste? —dijo José, asustado—. ¿Yo? Yo no te he llamado... ¿Qué eres?

—¿Qué soy yo? ¿Quién eres tú? —respondió la serpiente antes de iluminar sus ojos de color azul—, eres nieto de Luzmila...

—Mi abuela... ¿Conoces a mi abuela?

—Sí, la conocí, hace mucho tiempo.

—Aún no me respondes, ¿qué eres? ¿Una especie de genio?

—¿Qué? No... has visto muchas películas, niño.

—Entonces, ¿eres un espíritu? ¿Eres un Apu?

—Algo así —la serpiente empezó a dar vueltas alrededor de José—. Pero tenemos poderes mágicos únicos.

—¿Tenemos? —indagó José.

—Sí. Dime, ¿qué deseo quieres que te cumpla?

—¿Es en serio? ¿No estoy soñando?

—¿Por qué crees que estás soñando?

—Yo estaba en mi casa y de la nada aparecí acá.

—Me siento cómoda acá y hace mucho que no venía, estuve…

—Deseo… —interrumpió José—, deseo que regreses a la vida a mi hermano…

—Sabes… no puedo hacer eso.

—¿Tienes reglas como los genios?

—No… puedo hacer eso, pero yo sola no tengo el poder suficiente para poder regresar a alguien desde el Hanan Pacha.

—Entonces, todo seguirá igual.

—Si quieres regresar a alguien del mundo del más allá, tienes que juntar los tres huacos. Con los tres juntos sí podemos cumplir un deseo como ese.

—¿Los tres? ¿Los otros tres huacos como los del cuento?

—Recuerdo haber oído cómo tu abuela te contaba esa historia muchas veces.

—¿Y dónde están los otros huacos?

—Observa debajo de este huaco, ahí tienes un mapa. Si necesitas algo más, vuelve a llamarme… —dijo la serpiente antes de volver a entrar al huaco.

Al regresar al huaco, la serpiente se transformó nuevamente en un torbellino, que se hizo más grande y rodeó por completo el cuerpo de José. Cuando el remolino finalmente se desvaneció, José se encontró de vuelta en el cuarto de su hermano, sosteniendo el huaco en su mano. Las líneas doradas en el huaco ahora se iban apagando poco a poco.

—Debajo del huaco… —dijo José, mientras lo volteaba.

En la base del huaco encontró una figura del antiguo mapa del Tahuantinsuyo con tres puntos sobresalientes. Escaneó la parte trasera de la vasija con el escáner de su computadora e intentó compararlo con un mapa actual. Mientras ajustaba ambas imágenes para hacerlas coincidir, José notó una botella de cerveza sobre su mesa. Posó sus manos en la silla para levantarse, pero se quedó a medias. Pensó en su hermano y volvió a sentarse para continuar con la comparación.

«Lo tengo. Ya sabía que esa pirámide se me hacía familiar, era Caral», pensó al verificar que un punto estaba situado cerca de la costa en una provincia de Lima. El siguiente punto estaba en Ancash... y el último en Cusco.

Imprimió el mapa con los puntos marcados y comenzó a alistar una mochila. Entre los que agregó estaba el huaco de su abuela, que envolvió con unos polos para que no corriera el riesgo de romperse.

«Mi tío podría ayudarme en Áncash, pero necesito dinero…», pensó José en el dinero que llevaba tiempo ahorrando para irse de viaje junto a Carlos. «Quizás no es suficiente». Luego miró fijamente una alcancía de Charmander donde estaba el dinero que su madre y él poco a poco iban ahorrando para el viaje de promoción de su hermano, que nunca entregaron a la tesorera. «Lo necesito, hermano», pensó con pesar.

José llamó a una lejana prima, Guadalupe, y le dejó encargada a su madre para que no estuviera sola. Pasó mucho tiempo observando a su madre dormir, esperando la hora de partir. Sentado a su lado, comenzó a acariciarle suavemente el rostro para no levantarla. De pronto, sintió unos papeles debajo de la almohada. Movido por la curiosidad, los jaló poco a poco.

Era un gran sobre blanco de una clínica oncológica. El solo ver este nombre estremeció el cuerpo de José, ya que te venían recuerdos de cuando su padre estuvo internado en esta misma clínica. Al abrir el sobre y comenzar a leer los papeles, comenzó

a llorar en silencio, de manera descontrolada. Intentó contenerse, pero las lágrimas seguían fluyendo.

—Perdón por no decírtelo —le decía su madre, medio sonámbula.

—¿Qué nos está pasando, mamá? —preguntó hecho un mar de lágrimas.

—No soporto ver cómo te destruyes a ti mismo. No puedo perder a un hijo más —le respondió, rompiendo en llanto también.

—No lo harás, mamá, yo... yo arreglaré esto —dijo antes de limpiarse las lágrimas—. Te prometo que lo arreglaré todo. Te amo —José le dio un beso en la frente y caminó hacia fuera de su habitación.

—Mamá Luz siempre decía eso... que tú podrías arreglarlo todo —agregó somnolienta.

Y así fue como José salió a pocas horas de amanecer rumbo a la ciudad de Áncash.

***

Mientras tanto, en la antigua ciudadela de Caral un hombre miraba los derrumbes que causaron José y la serpiente. Se adentró a la habitación, donde solo encontró polvo y una repisa vacía.

—Se nos adelantaron —dijo en voz alta con un ligero acento español.

—Señor, un grupo de personas se están acercando a la pirámide —se escuchó una voz agitada a través de un walkie-talkie.

—Ya salgo —respondió mientras pasaba sus dedos sobre la repisa—. ¿Qué es esto? —dijo en voz alta al sentir una textura diferente en medio de la repisa—. Tantos años postrada aquí que dejaste tu marca.

Fotografió la repisa y se escabulló rápidamente para no ser visto por el grupo de arqueólogos que, preocupados, llegaban al monumento.

***

Al llegar al aeropuerto, José corrió con la suerte de encontrar un vuelo rumbo a la ciudad de Lima en breves dos horas; luego de comprar su pasaje, pasó lo restante del tiempo sentado viendo las noticias en la televisión. Estas fueron interrumpidas por un bloque informativo de último minuto:

—Buenos días, central, estamos en la ciudad de Barranca, en la antigua ciudadela de Caral, donde esta noche motivado al parecer por un temblor hubo unos derrumbes en la antigua pirámide central —explicaba la reportera—. Estos temblores habrían revelado un camino que permanecía oculto por debajo de la pirámide. Arqueólogos de todos el Perú siguen llegando para estudiar esta nueva sección que se ha abierto durante madrugada. Estamos aquí con Ruth Shady, reconocida arqueóloga por su trabajo en la revalorización de Caral. ¿Qué tiene para decirnos? ¿Ha encontrado algo dentro de esta nueva sección?

—Bueno, es un camino angosto que lleva hacia una habitación de piedra. Por lo visto se han abierto unos ventanales grandes. Dentro de la habitación hemos encontrado una especie de repisa de barro que aún estamos estudiando —respondió la famosa arqueóloga.

José dudó por un momento.

—Carajo… ¿Sí estuve ahí? —se preguntó en voz alta.

Después de un viaje de hora y media, el avión aterrizó en el aeropuerto Jorge Chávez; al salir del lugar, buscó en su celular pasajes hacia la ciudad de Huaraz, pero vio que el dinero se le estaba agotando cada vez más. Pensó en pedirle a la serpiente mucho dinero y para eso fue al baño de una gasolinera donde pudo liberarla.

—Dime, ¿en qué te ayudo? —preguntó la serpiente.

—Quiero que cumplas un deseo, quizás debí pedir esto en Arequipa.

—Antes de que me lo digas debes pensarlo, ya que hace muchísimos años, después de un hecho que no recuerdo, intento recordar, pero no puedo... nos dieron un límite de deseos —explicó la serpiente.

—Entonces, ¿cuántos deseos te quedan?

—Solo me quedan dos. Aunque ya recordé uno, fue cuando Atahualpa usó un deseo para enviarme al templo de Caral.

—¿Vale la pena gastar un deseo ahora?

—Si me pides un consejo, yo...

—No, no, no deseo un consejo.

—Tranquilo, yo estoy aquí para ayudarte. Te recomendaría que guardes los deseos para cosas de más urgencia.

—Sí, quizás tengas razón...

La serpiente regresó a su huaco y José comenzó a explorar otras opciones para llegar a Huaraz. Aunque tenía suficiente dinero para financiar ese viaje, le preocupaba cómo llegaría a Cusco si el dinero se agotaba demasiado pronto. Mientras daba vueltas por Lima, recordó a un gran amigo de su padre, cuyo número de teléfono aún conservaba. «¿Debería llamarlo? Ay, a lo que salga», pensó antes de hacerlo.

—¿Aló? —le respondieron.

—Hola, señor César, buenos días —saludó temeroso.

—Buenos días, ¿con quién hablo?

—Soy José, el hijo de Rubén.

—Ah... Josecito, ¿qué tal? A los años... —su tono de voz fue alegre, cosa que animó a José.

—Sí, disculpe si lo molesto. Estoy en Lima y me preguntaba si podría ayudarme en algo...

—Claro, ¿puedes venir a la oficina? ¿Te acuerdas dónde es?

—Sí, señor, entonces voy para allá...

—Te espero, hijo —dijo antes de colgar.

***

Mientras José se dirigía a la oficina del amigo de su padre, el hombre que visitó Caral ingresaba al gran Hotel Chavín de Barranca. Caminó hasta llegar a su habitación, donde lo esperaban dos personas que trabajaban para él: Alonso y Carmen, quienes intentaban buscarle forma a la figura que Hernando les había enviado, y por la cual preguntó apenas llegó.

—¿Lograron descifrar la figura? —dijo Hernando.

—Aún no, señor. El flash con el que tomó la foto hizo que los relieves se camuflen de la imagen —respondió Alonso.

—¿Ahora es mi culpa? —consultó Hernando.

—¡Lo tengo! —gritó Carmen desde una computadora a lo lejos—. Esto merece un aumento.

—Depende de lo que tengas. Te escucho —dijo Hernando.

—El mapa está al revés. La vasija estuvo sobre esa repisa más de cuatrocientos años —manifestó Carmen.

—¿Qué es eso? —indagó Alonso al ver la imagen.

—¿En serio no lo ven? —Carmen señalaba con el dedo la imagen en la pantalla.

—Yo sí lo veo —dijo Hernando, mientras ponía su celular al lado de la imagen simulando un espejo.

—Exacto —afirmó Carmen, antes de dar dos clics alterando la imagen—. Es el mapa del Tahuantinsuyo y esas sombras son

los relieves de los puntos con las ubicaciones de los otros huacos. Compara, Alonso.

—Ya está, Barranca, Huaraz y Cusco —comentó Alonso.

—¡Buen trabajo! Alisten todo. Nos vamos a Huaraz —exclamó Hernando.

***

Después de un buen rato, José finalmente llegó a la oficina del amigo de su padre, ubicada en una sucursal de una gran empresa de mensajería. Al entrar, se encontró con César, quien, después de observarlo un momento, lo recibió con una gran sonrisa.

—¡No...! —exclamó César muy alegre—, mírate nomás.

—Ha pasado tiempo —respondió José mientras le daba un abrazo.

—Lamento mucho lo de tu hermano.

—Gracias...

—Bueno, dime, ¿para qué soy bueno?

—Disculpe que venga tan de la nada. Tengo que llegar a Huaraz, y, bueno... me estoy quedando sin fondos.

—Creo que estabas trabajando en un colegio, ¿qué pasó?

—Con el accidente y el juicio... me perdí un tiempo, y bueno, no tengo cara para ir a cobrar sin haber trabajado, y pedirle dinero a mi madre no está en mis planes.

—Sí, entiendo. ¿Cómo está ella? No hablo con ella desde el funeral.

—Pues ahora está mejorando. Sus alumnos le dan mucho amor y la verdad que eso ayuda mucho.

—Tengo un trabajador que saldrá a las diez con mensajería. Hará paradas en Huacho, Barranca y luego Huaraz; si deseas, puedes ir con él de copiloto.

—¿Hoy mismo?

—Sí. Estará por acá más o menos… a las ocho, y cargará la miniván para salir a las diez.

—Okey, claro, gracias.

—Si quieres puedes descansar por mientras en la oficina.

—¿No desea que le ayude en algo por acá?

—Puedes ayudar a cargar mercadería a los carros que salen.

—Dejo mis cosas y vuelvo entonces.

***

José aprovechó el espacio de tiempo para ayudar en la empresa, mientras Hernando y sus dos ayudantes estaban en el estadio municipal de Barranca, parados en medio del campo junto grandes cajas y maletas.

—¿De verdad piensa que hay alguien más recolectando los huacos? —consultó Carmen.

—Es raro que se haya mostrado la habitación por sí sola y que el huaco no esté adentro —respondió Hernando.

—Tranquilo, vamos a encontrarlos.

Un helicóptero se veía a lo lejos y a los pocos minutos aterrizó frente a ellos.

—Bueno, en marcha —dijo Hernando.

***

Las horas transcurrieron rápidamente. Después de cenar, José y César regresaron y ya casi era la hora del despacho. José fue a buscar su mochila mientras César atendía el llamado de su secretaria. Desde la distancia, José veía y entendía por los gestos del amigo de su padre que algún problema había surgido. No fue hasta que se acercó que finalmente entendió de qué se trataba.

—¿Está todo bien? —consultó José.

—Sí, yo llevaré las encomiendas. ¿Ya estás listo?

—Yo sí...

—Entonces, ayúdame, por favor, a subir los paquetes ya para salir.

Entre los dos subieron todas las encomiendas hasta llenar la miniván, excepto una pequeña caja que César le dio a José para que lo llevara en su mano y que dejaron en la primera parada que fue Huacho. Cuando estaban entrando a Barranca fue que le contó una anécdota que él tenía con su padre.

—¿Sabes...?, cuando entré a trabajar tu padre me enseñó las rutas así, conmigo de copiloto —comentó César.

—Ah, ¿sí? Era muy renegón, ¿no? —consultó José entre risas.

—La verdad no tanto. La cosa era cuando había problemas.

—¿Qué pasó en la oficina?

—El transportista se quedó botado por Mala, y como ahora no es que el negocio vaya en subida, tuvimos que recortar personal; por eso vine. Además, si te pasa algo tu papá me jalara las patas por la noche —explicó César con un tono de preocupación

—La verdad que sí —respondió el joven entre risas—. En serio muchas gracias. De no ser por usted no sabría cómo pude haber hecho el viaje.

José se quedó dormido después de ayudar a César a dejar encomiendas en Barranca y se pasó así todo el viaje. Durmió tranquilo gran parte del trayecto hasta que en su sueño escuchó la voz de su hermano que lo llamaba desde adentro de su colegio.

«¡No, no salgas!», le intentaba gritar, pero de su boca no salía ni una sola palabra.

Despertó casi saltando, de golpe, sorprendiendo a César.

—¿Estás bien? —preguntó César.

—Sí... solo fue una pesadilla...

—Tranquilo, ya falta poco para llegar.

Esas palabras fueron ciertas. Fue así como después de una corta media hora llegaron a Huaraz. Juntos descargaron los paquetes y cuando ya la miniván estaba vacía se despidieron.

—Muchas gracias, César —dijo José, estrechándole la mano.

—No te preocupes; si necesitas algo, me llamas y vemos cómo le arreglamos, hijo.

José caminó hasta la plaza de Huaraz donde se sentó a descansar viendo cómo amanecía. Después de un rato buscó en su celular la ubicación de la biblioteca de Huaraz, lugar donde trabajaba su tío, y tras hallarla caminó hacia allá.

***

Hernando y sus dos ayudantes instalaban su equipo en un pequeño local de Huaraz.

—¿Ya tienen la ubicación exacta? —preguntó Hernando.

—Aún no, es muy difícil y la imagen se distorsiona demasiado —respondió Alonso.

—Compara la ubicación del punto con la de Chavín de Huántar.

—¿Todo este tiempo sabías dónde estaba el huaco? —indagó Carmen.

—Se llama deducción. No hay otros templos por aquí cerca —contestó Hernando.

—Sí coincide. ¿Sabes?, pudiste habérmelo dicho mucho antes —intervino Alonso.

—Alistaré mis cosas.

—¿Irás solo? —consultó Carmen.

—Sí, y cuando vuelva será mejor que me hayan ubicado el tercer huaco —ordenó Hernando.

***

Después de una caminata de quince minutos, José llegó a la biblioteca; inmediatamente, se acercó a la recepción preguntando por su tío, pero no le dieron respuesta de su paradero.

Decidió esperarlo, y sin problema buscó algún libro de su interés para hacer más amena la espera. Lo que nunca esperó fue que su tío no apareciera hasta casi el mediodía.

—¿José? —preguntó Gabriel, su tío, al verlo sentado leyendo.

—Hola, tío...

—Pero... —lo abrazó—. ¿Cuánto tiempo llevas acá?

—Casi desde las nueve.

—Hubieras pedido que me llamen. ¿No te dieron mi número? —Gabriel se giró hacia donde estaba la mujer que fungía como bibliotecaria—. Ashley, ¿por qué no me llamaste?

—Su teléfono está apagado —respondió la joven.

—¿Así? —Gabriel en ese momento sacó desde dentro de una bolsa su celular y verificó que estaba apagado—. Olvidé prenderlo.

—Sí... tío, ¿puedes ayudarme en algo? —interrumpió José.

—Sí, claro, vamos a mi casa —le dijo antes de que se oyera cómo el estómago de José soltara un fuerte estruendo—. ¿No has comido nada?

—No... desde ayer —agregó, avergonzado.

Luego de almorzar, fueron a la casa de Gabriel, que se encontraba a pocas cuadras de la biblioteca. Era una pequeña casa con el segundo piso a medio construir.

—Perdón por no haber podido ir al funeral de tu hermano. Tu primo se puso mal y se complicó todo —dijo Gabriel.

—Sí... no te preocupes. ¿Dónde está? —consultó José.

—Con tu tía. Están en la casa de sus padres, que estamos teniendo algunos problemas; pero ya, dime, ¿qué haces por aquí?

—Necesito ayuda con esto —José le mostró el huaco—. Tú lo encontraste, ¿cierto?

—¿Es el huaco que le regalé a mi mamá?

—Sí.

—Lo encontré en Barranca, pero... ¿qué tiene que ver?

—Dirás que es una locura, pero hay una forma de volver a tener a mi hermano con nosotros.

—¿Estás hablando del cuento de los huacos que cumplen deseos?

—No es un cuento...

—José, pasé mucho tiempo buscando ese huaco y no pasó nada. Ya estás grande como para creer en esas cosas.

Frente a la incredulidad de Gabriel, José abrió el huaco, pero causó risas en Gabriel cuando no ocurrió nada.

—Espérale —dijo José, esperanzado.

De pronto, comenzó a sentirse una ligera brisa de viento que, en pocos segundos, se intensificó más y más. Las líneas que rodeaban el huaco empezaron a brillar de forma intermitente. Un pequeño tornado surgió del huaco y recorrió toda la habitación. Las líneas en su cuerpo comenzaron a resplandecer antes de que se transformara por completo en una serpiente frente a Gabriel. Sus brillantes ojos azules hipnotizaron a un Gabriel que permanecía inmóvil y sorprendido.

—¡No...! ¡¿Qué es esto?! —exclamó Gabriel, asustado, pero poco a poco su reacción cambió a la de alegría.

—Te dije que era cierto. La serpiente es una de las tres siluetas del cuento —dijo José a su tío.

—Yo abrí ese huaco hace mucho tiempo y no pasó nada de esto.

—Cada cierto tiempo nosotros nos mantenemos inactivos, de ese modo recargamos nuestro poder —explicó la serpiente.

—Yo... no entiendo, entonces, ¿sí son reales? —cuestionaba Gabriel.

—Sí, y los demás huacos están marcados en la base —comentó José a su tío.

—Es un mapa —dijo Gabriel luego de ver la base del huaco.

—Sí... uno de los puntos marca Huaraz —José vio cómo Gabriel se alejaba hacia una pared—. ¿Está todo bien?

—Sé dónde puede estar el otro huaco.

—¿Qué?, ¿dónde?

—Estoy casi seguro de que está en el templo de Chavín de Huántar. Espero no equivocarme, pero ¿la serpiente no puede cumplir el deseo?

—No... un deseo así necesitaría el poder de los tres huacos —explicó el reptil.

—Entonces, que te lleve adonde está el otro huaco. Desea eso.

—Los deseos son limitados, y a ella solo le quedan dos. ¿Puedes llevarme a Chavín? No está muy lejos de acá, ¿no? —José se dirigió a su tío.

—Unas tres horas, pero espera que llame a alguien que nos puede llevar en menos tiempo.

Gabriel contactó con su amigo Daniel y su carro pusieron rumbo hacia Chavín de Huántar. Durante el viaje, José no aguantó la curiosidad de preguntarle a Gabriel cómo estaba tan seguro de donde podría estar el huaco.

—Cuando encontré el huaco que le regalé a tu abuela —explicaba su tío—, me motivé aún más en encontrar los otros. Fue cuando estuve estudiando este templo por un tiempo. Junto a algunos amigos encontramos una pequeña entrada por donde están las pequeñas cuevas pasando el Lanzón Monolítico.

—¿Por qué te detuviste? —preguntó José

—Lo cruzamos solo una vez. Te voy avisando que es demasiado estrecho, y al pasar hay una especie de habitación totalmente oscura, en ella había piedras que con cada movimiento nuestro se deslizaban. Se veía peligroso y eso a tu tía no le agradaba. Luego nació tu primo y tuve que dejar cada cosa que fuera así de peligrosa.

El viaje normal era de casi tres horas, pues Daniel lo logró en dos horas. Al llegar se cruzaron con muchas personas en la gran festividad patronal de la Virgen del Carmen. Tardaron un poco por la gran cantidad de gente en las calles, pero al final lograron estacionar frente al complejo de las ruinas de Chavín de Huántar, donde se dieron con la sorpresa que este había sido cerrado y que incluso aún estaban retirando a las pocas personas que quedaban dentro.

—¿Cerrado? —dijo José, mientras bajaba del carro.

—Disculpa —Gabriel le preguntó a un turista que pasó a su lado—. ¿Por qué lo han cerrado? ¿Sabe algo?

—Un español llegó, se metió en la caseta esa y desde ahí es que nos botaron a todos. ¿Ahora esto es una atracción privada? —respondió el hombre enojado.

—Eso es muy raro —comentó José.

Gabriel se acercó a uno de los vigilantes del lugar, y le preguntó:

—Disculpe, tenemos urgencia de entrar, ¿no puede hacer una excepción?

—No, señor, disculpe —respondió el sujeto de forma cortante.

—¿Qué haremos ahora? —preguntó José mientras volvían al carro.

—Tengo una idea, Daniel, estaciónate en otro lado. Nosotros entraremos por el río —dijo Gabriel con sumo entusiasmo.

—¡¿Qué?! —exclamó su sobrino.

***

Mientras ellos daban la vuelta, Hernando estaba dentro del complejo y había sido el responsable de que cerraran todo el lugar, esto gracias a un soborno.

—¿Necesita algún guía de turista, señor? —le preguntó el gerente mientras veía los billetes que le habían dado.

—No, no es necesario —respondió Hernando antes de avanzar solo hacia la puerta del sol.

***

A lo lejos podía verse a un par de personas escabullirse desde el río hacia la plaza rectangular del gran templo, para su suerte ni una persona que trabajaba ahí logró verlos. Así llegaron hasta la habitación del lanzón monolítico, estaban a punto de entrar cuando escucharon la voz de Hernando por primera vez detrás de una pared.

—¿Me oyes? ¿Carmen? —dijo Hernando antes de permanecer en silencio por unos minutos—. Ya escaneé esta habitación, revísalas y díganme si encuentras alguna corriente de aire o indicio de pasaje escondido.

José y Gabriel se quedaron quietos un rato hasta que Hernando continuó.

—¿Quién es él? —susurró José.

—No lo sé, quizás es él quien cerró todo el complejo.

—¿Por dónde está la entrada que mencionaste?

—Sígueme.

Gabriel y José caminaron silenciosamente por el templo, bajando unas viejas escaleras de rocas llegando hacia un túnel de piedra sin salida.

—¿Es aquí? —preguntó José.

—Sí, espera un momento —contestó Gabriel.

Gabriel encendió la linterna de su celular y se lo dio a José, luego se agachó moviendo unas piedras de una de las paredes.

—Cuidado con lo que muevas, no quiero morir aplastado —comentó José.

—No hagas ruido o nos escuchará —respondió Gabriel enojado.

Cuando Gabriel retiró esas piedras vio el estrecho camino desde donde provino una leve brisa.

—Bien, ¿tú primero? —preguntó Gabriel.

Sin ningún tipo de miedo, José se arrastró por aquel agujero, pero cuando había cruzado ya la mitad sintió que algo le presionaba el pecho, causándole dificultades para respirar.

—Hey, ¿qué esperas? —susurró Gabriel.

—No puedo... respirar —suspiró José.

—Respira profundo, ya falta poco. ¡Tú puedes!

—No... no puedo, está oscuro, falta mucho...

José seguía sin avanzar, estaba petrificado en medio de aquel agujero, en su mochila algo comenzó a sacudirse levemente, era la serpiente que lentamente se estaba volviendo a formar y a la vez con su brillo, iluminaba ligeramente el estrecho agujero, José al ver el camino iluminado y como la serpiente lo atravesaba sin ningún problema, respiró hondo y finalmente avanzó, cruzando el agujero por completo.

Desde el otro lado, su tío observó que José había cruzado. Se animó entonces a seguirlo, aunque con algo de dificultad. «He subido algunos kilos», comentó entre risas mientras cruzaba. Al llegar al otro lado, comenzó a dar algunos saltos y extendió su mano hacia su espalda, intentando aliviar alguna molestia.

—¿Qué tienes? —le preguntó la serpiente.

—Sentí una... una araña —respondió Gabriel entre saltos.

José se sujetaba de una de las paredes tratando de recuperar el aire. Todo el temor se disipó cuando vio que el brillo de la serpiente se reflejaba en las líneas de las paredes de esta nueva habitación.

—¿Qué es esto? —preguntó Gabriel, deslizando sus dedos por estas líneas parpadeantes.

—Son los trazos de los incas que antes paseaban por acá —respondió la serpiente.

—En estas líneas debe estar la clave para poder cruzar.

—¿Cuál es el problema de cruzar? —indagó José.

—Mira —le dijo Gabriel, mientras prendía la linterna de su celular.

Gabriel le mostró el resto de la habitación, que era como un corredor con las partes bajas de sus paredes inclinadas en diagonal. Sobre estas, grandes piedras parecían listas para deslizarse al mínimo contacto. José, sin tomar precauciones, dio un paso que causó que una de estas grandes piedras se moviera, casi aplastándole el pie.

—¡Carajo! —gritó José, asustado.

—Ya casi se bloquea toda la habitación —dijo la serpiente.

—Intentemos encontrar la forma de cruzar sin morir aplastados —intervino Gabriel.

—¿Qué podemos hacer? —comentó José, mirando las piedras.

—No entiendo estos tallados, debe ser un quechua que no he conocido —agregó Gabriel—. ¿Qué piensas?

—Nada... yo... pensaba en quizá solo pedir un deseo... algo más sencillo, como justicia para el accidente de mi hermano.

—No... no puedes estar hablando en serio. Tú viniste por el huaco, y tienes que salir de aquí con él. ¿Tú crees que Atahualpa habría deseado simplemente ganar la guerra? ¿Tú crees que sería así de fácil? —alegó Gabriel.

—Atahualpa... —susurró la serpiente.

—¿Qué pasa? —preguntó Gabriel.

La serpiente comenzó a brillar de tal manera que cegó a José y Gabriel. Repentinamente, los teletransportó a la época en la que Atahualpa reunió los huacos cuando permanecía prisionero en Cajamarca.

—Eso es... —dijo Gabriel.

—Es parte de la historia de Mamá Luz... —respondió José.

—El castigo del que hablaba... ¿Qué causó el castigo?

La serpiente los llevó mucho más atrás, a la época en la que Manco Cápac y Mama Ocllo emergieron del lago Titicaca con órdenes de fundar el imperio de los incas. La serpiente aceleró el tiempo de su visión hasta un momento donde tanto Manco

Cápac como Mama Ocllo enseñaban a los pobladores incas tareas como la pesca y el tejido. En plena construcción de un templo para el Dios Sol ocurrió un temblor, causando que una gran piedra se desprendiera de las estructuras del templo y comenzara a arrastrarse junto un montón de barro. Los pobladores corrieron atemorizados junto a Mama Ocllo, quien los guiaba en la huida. Sin embargo, una piedra hizo tropezar a Mama Ocllo, y fue sepultada por el tremendo huaico. Manco Cápac llegó a la zona del desastre y, entre el barro, intentó alcanzarla, pero ni con toda la ayuda de los demás pobladores fue posible rescatarla.

Entonces, Manco Cápac regresó a su hogar y, de entre todas sus cosas, sacó una vieja caja de madera. Al abrirla, apareció un poncho de lana que, al ser removido, reveló tres huacos mágicos. Los llevó al templo que estaban construyendo e invocó a las tres criaturas que residían en su interior. Murmuró algo que a lo lejos no se lograba entender, pero su encantamiento provocó que, de un cielo nublado, se abriera un pequeño agujero iluminándolo por completo.

—Un deseo de ese tipo traerá muchas consecuencias —se escuchó una fuerte voz proveniente del cielo.

—¡Estoy dispuesto a todo, castígame a mí, pero cumple mi deseo! —gritó Manco Cápac.

—El castigo no será para ti, pero sí para tus descendientes. Un oscuro futuro le deparará al imperio que fundaste —recalcó la voz del cielo.

—Hazlo, por favor...

Las grises nubes del cielo se apartaron, dando paso a otro rayo de luz que rodeó los restos de barro causantes del huaico. El lodo se secó y se quebró con un fuerte estruendo, revelando debajo a Mama Ocllo, recostada aún inconsciente. Manco Cápac corrió hacia ella mientras los pobladores veneraban y agradecían al Sol.

—Gracias... muchas gracias —dijo Manco Cápac al cielo.

Las criaturas que emergieron de los huacos regresaron a su interior, apagando cualquier tipo de brillo, hasta que el cielo volvió a resonar.

—Lo que acabas de hacer condenará al imperio, pero daré la oportunidad a tus descendientes de prepararse para su castigo, ya que uno de ellos tendrá la tarea de construir un imperio en el ombligo del mundo.

La visión de la serpiente reveló a Pachacútec, quien luego de conquistar la ciudad de Picchu, ordenó la construcción de la gran ciudadela de Machu Picchu con la ayuda de los huacos, otorgando fuerza y habilidad extraordinarias a los pobladores que participaron en su construcción.

Cuando la visión se terminó, Gabriel aún mostraba su asombro por lo que había presenciado.

—Fue por eso que no pudo desear ayuda contra los españoles. Ellos eran el castigo por el deseo de Manco Cápac... —dijo Gabriel.

—Así es —dijo la serpiente— y desde ese día, fue que nos limitaron los deseos que nosotros podíamos conceder.

—Serpiente, pediré mi primer deseo —intervino José.

—Te escucho —respondió atenta el reptil.

—Piénsalo bien, estoy seguro de que harás lo correcto —agregó Gabriel.

—Deseo la visión y lectura de Pachacútec.

—Si es lo que deseas, que así sea.

Las líneas del cuerpo de la serpiente se iluminaron intermitentemente, y sus ojos brillaron de un intenso azul, igual que los de José. Mantuvieron el contacto visual hasta que el animal golpeó el suelo con su cola, lo que provocó que la luz se extinguiera, oscureciendo por completo la habitación durante unos segundos.

—¿Estás bien? —dijo Gabriel mientras caminaba hacia su sobrino.

—¡No te muevas! —gritó José con los ojos aún cerrados.

Gabriel se mantuvo sobre un pie por el grito de José. Cuando abrió sus ojos aún tenía este azul brillante, pero a los pocos segundos se desvaneció.

—¿Puedes entenderlo? —preguntó Gabriel al verlo tocar las paredes que poco a poco volvían a brillar.

—Sí... algunos son trazos hechos por incas que envió Túpac Hualpa por los huacos, otros dicen que el espíritu de un gran felino acecha y protege este templo... sigue mis pasos.

José comenzó a caminar tranquilamente, observando que algunas piedras del piso tenían tallados en ciertas esquinas, indicando que se podían pisar sin peligro. Así avanzaron por la habitación, cruzando entre las rocas hasta llegar al final del corredor. Allí, se encontraron con una puerta de piedra atrapada y sostenida dentro de la propia pared. Al acercarse, notaron que de los extremos de la puerta se filtraba una corriente de aire.

Ambos comenzaron a examinar la puerta y la pared. Gabriel notó que la base que la sostenía no era de piedra, sino de una mezcla de barro, grava y otras pequeñas rocas que sobresalían.

—Bien, ¿qué hacemos aquí? —preguntó Gabriel.

—Creo que tenemos que romper su base —respondió José.

—¿Seguro que no se vendrá todo abajo?

—Emmm, muy seguro —respondió su sobrino confiado.

—Eso no se oyó muy seguro.

Con pequeñas piedras que tenían cerca, comenzaron a golpear la base de barro que sostenía la puerta de piedra. Luego de unos cuantos golpes, escucharon un crujido que les hizo retroceder, y vieron cómo aquella base comenzaba a rajarse hasta quebrarse por completo, dejando a la vista un agujero del tamaño exacto de la puerta. Esta cayó y causó un leve movimiento en todo el templo, todo esto seguido de un atemorizante rugido felino.

—Bien hecho —dijo Gabriel, muy emocionado.

El movimiento y especialmente el rugido erizaron la piel de Hernando y capturaron su atención, impulsándolo a salir del templo para descubrir el origen del sonido.

La caída de la puerta de piedra levantó una nube de polvo que dificultaba la visión. La serpiente, iluminando con su brillo, fue la primera en adentrarse en esta nueva habitación. Las paredes estaban adornadas con tallados que representaban montañas, atravesadas por marcas de grandes garras. El lugar guardaba gran similitud con Caral; las piedras en las esquinas se movían, abriendo grandes ventanales que iluminaban el centro de la habitación. Allí, se exhibía una repisa de barro con un pequeño huaco sobre ella.

—Entonces, es este —Gabriel mostraba una gran emoción.

—Lo logramos... —dijo José.

El joven se acercó temeroso al huaco, que tenía relieves que simulaban unos ojos enojados, bajo ellos unos colmillos y en los extremos había unas marcas de garras, José deslizó su mano por la base de la repisa subiendo lentamente hasta quitar la tapa de la vasija. José retrocedió, y a los pocos segundos una espesa niebla comenzó a salir de ella teniendo pequeños destellos amarillos muy similares a relámpagos, los relieves del huaco comenzaron a brillar de forma tosca. José y Gabriel estaban maravillados con lo que estaban viendo, cuando de pronto la niebla comenzó a juntarse en el punto más oscuro de la habitación, dando forma a una criatura cuadrúpeda de la cual solo se veían sus brillantes ojos amarillos. El animal salió de la sombra lentamente caminando hacia ellos. Era un hermoso puma que se quedó quieto antes de soltar un rugido que hizo temblar todo Chavín y desaparecer de la vista de José.

—¿Qué? ¿Adónde se fue? —preguntó José, confundido.

—Se fue por el ventanal —respondió la serpiente.

—Sigámoslo —dijo Gabriel.

La serpiente fue la primera en subir por el ventanal y ya desde arriba esperó a José y Gabriel. Allí ambos se dieron cuenta de que las ventanas habían emergido por debajo de las cabezas clavas que yacen en las espaldas del Templo del Sol. Corrieron detrás del templo de Chavín y llegaron a la salida del complejo de Chavín de Huántar.

—¿Lo ves? —preguntó José.

—No —respondió Gabriel, mientras movía la cabeza de lado a lado buscando al puma—. Sí, está subiendo al cerro.

—Pues vamos.

La serpiente regresó a su huaco y luego José y Gabriel corrieron hacia la pequeña montaña, todo esto ocurriendo frente a la mirada de Hernando. Él estaba en la entrada del complejo hablando con los vigilantes, y al ver esto los siguió a toda prisa por un camino que parecía ser más corto al que habían tomado José y Gabriel.

Mientras José y Gabriel subían el cerro comenzaron a sentir la fatiga y el cansancio, que era mayor por parte de Gabriel, quien insistió en quedarse atrás para que José se adelantara.

Cuando José llegó a la cima de la pequeña montaña, encontró al puma sentado sobre una piedra contemplando toda la ciudad.

—¿Qué están festejando? —preguntó el puma al ver la ciudad reunida paseando una gran imagen.

—Es la festividad de la Virgen del Carmen —respondió José—. Lo hacen como agradecimiento a la tierra por una buena cosecha.

—Deberían agradecer a Inti y a la Pacha Mama... —contestó enojado.

—Las cosas son muy diferentes de cómo eran antes, ¿volverás a huir?

—No... solo necesitaba estirar bien las patas. ¿Qué deseo vas a pedirme? —el puma giró, pudiendo estar cara a cara con José.

—Sobre eso... tengo un deseo que necesita la unión de los tres huacos.

—Entiendo... tienes que saber que solo dispongo de un deseo.

—¿Solo uno? Esperaba que tengas dos como la serpiente. Lo guardaré hasta que tenga los tres huacos reunidos.

A sus espaldas, llegó Hernando sosteniendo un arma, y gritó:

—¡Alto! Esos huacos me pertenecen, así que dámelos.

—¿Quién eres? —dijo José mientras el puma erizaba el pelaje de su lomo.

—Qué hermoso eres, querido puma. Soy Hernando Reyes. He escuchado muchas historias sobre estos huacos y los necesito, me pertenecen por linaje.

—¿Pertenecerte? —preguntó el puma.

—Así que puedes hablar... Dime, ¿cuánto quieres? ¿Cuál es tu precio por los dos huacos? —dijo Hernando, primero mirando al puma y luego a José.

—Tu dinero jamás podrá darme lo que quiero...

—Que conste que intenté ser razonable —Hernando se acercó más a José.

Al ver esto, el puma se lanzó contra Hernando, empujándolo y haciendo que soltara el arma. José aprovechó este momento para correr hacia el pueblo junto al puma.

—¡Tenemos que irnos! —gritó José a Gabriel cuando se lo cruzó.

—Pero ¿por qué? —preguntó su tío, confundido.

—Un loco está arriba y quiere los huacos. Llama a Daniel para saber dónde está.

Las personas cercanas al complejo de Chavín se asustaron al ver a José y Gabriel corriendo con un puma muy cerca de ellos.

—Quizás sea mejor que vuelvas al huaco —dijo José.

—Está bien, no quiero ver cómo veneran al dios equivocado —respondió el felino antes de volver al huaco.

Gabriel al colgar su teléfono dijo:

—Dice que está pasando la procesión.

—¿Por qué se fue tan lejos? —preguntó José

—Capaz no quería quedar atrapado por la procesión.

Hernando apareció corriendo detrás de José y Gabriel.

—¡Dame eso! —gritó, intentando quitarle la mochila a José.

José y Hernando forcejearon por unos minutos, hasta que José logró darle una patada que dejó a Hernando tirado en el suelo por unos segundos. Aprovechando este percance, ellos se escondieron entre la multitud que participaba en la procesión para avanzar sin ser detectados. Sin embargo, al notar que Hernando se acercaba rápidamente, Gabriel decidió quedarse atrás para detenerlo.

—¿Qué haces? —le preguntó José al ver que se quedó quieto.

—Yo lo detendré, ve y encuentra el último huaco. Ve por tu hermano.

—¿No quieres un deseo? Es lo mínimo que te mereces por todos los años que los buscaste.

—José… los huacos no me darán nada que ya no tenga. Tengo un gran hijo, un gran sobrino, una mujer que amo y espero pronto arreglar las cosas con ella.

—Entiendo, gracias, tío —dijo José mientras le daba un abrazo.

—Ahora vete, dile a Daniel que ya luego yo arreglo con él.

José se fue corriendo, viendo cómo Gabriel esperaba a Hernando.

Al subir al coche, José le dijo a Daniel que dejasen a Gabriel; tras insistir unos segundos, el hombre entendió y puso rumbo de regreso a Huaraz.

Hernando cruzó la procesión sin darse cuenta de que Gabriel lo estaba acechando. Al ver a José dentro del coche y ya en camino, intentó correr hacia él para seguirlo, pero de repente sintió que alguien lo jalaba fuertemente del hombro.

—¿Tú? No te metas —le dijo Hernando.

—No llegarás a tiempo. Ningún carro saldrá hasta que termine la procesión —respondió Gabriel.

Hernando hizo el gesto de buscar el arma que guardaba en su cintura, pero solo encontró el cinturón arañado.

—Ese puma —dijo Hernando enojado.

Hernando estuvo a punto de arrojarse contra Gabriel, pero fue detenido por los pobladores de Chavín que avanzaban cargando la imagen de la Virgen del Carmen. Le gritaron que se quitara del camino y, obligado, obedeció, dándole a Gabriel la oportunidad de alejarse.

«Con todos los coches parados tendrán una hora de ventaja», pensó Gabriel.

***

Tras un viaje de dos horas y media llegaron a Huaraz. Mientras Daniel buscaba donde dejar a José recibieron una llamada de Gabriel.

—Ya estoy saliendo, José. Si quieres quédate en mi casa, llegaré en un rato —le dijo Gabriel por la llamada.

—No, tío, tengo que volver a Lima. El último se encuentra en Cusco y tengo que llegar lo más pronto posible.

—No hay problema; gracias por este viaje, me ayudaste a cerrar un capítulo que pensé que no podría cumplir. Gracias, en serio —Gabriel colgó la llamada.

Daniel dejó a José en la plaza de armas de Huaraz y usó el poco dinero que le quedaba para comprar su pasaje de regreso a Lima. José pudo dormir gran parte del viaje, aunque de pronto su mente se llenó de pesadillas y esto lo despertó de golpe. Luego de recuperar el aliento, se fijó en su celular y vio que tenía muchas notificaciones de llamadas perdidas y mensajes de Carlos. Preocupado, decidió llamarlo.

—¿Qué pasó, hermano? —le preguntó.

—Oye, ¿dónde andas? Vine a buscarte a tu casa y tu madre no supo decirme donde estabas —dijo, recriminándole.

—Estoy viajando a Lima. Estuve en Huaraz.

—¿También estás viajando a Lima? —preguntó.

—Sí, ¿por qué?

—Yo también, bueno, mi vuelo sale dentro de un rato; quizás llego antes, me avisas cuando llegues, así paso a recogerte.

—Está bien, gracias.

—Te espero en Lima, hermano.

***

Hernando viajaba en un bus a una hora de Huaraz. El bus estaba repleto de personas y animales enjaulados. En lo que tuvo señal recibió la llamada de Alonso:

—¿Cómo le fue, jefe? —preguntó Alonso.

—Mal. Alisten todo. Apenas llegue tomaremos el helicóptero para largarnos de aquí —respondió Hernando, mientras unas plumas de pollo volaban cerca de su cara.

—Está bien, estaremos esperándolo.

Tras colgar la llamada, Hernando mantuvo una mirada fría viendo los paisajes a través de la ventana. Imágenes fragmentaban su mente hasta que un recuerdo con su progenitor lo transportó al pasado; su padre estaba postrado en una cama de hospital leyendo un libro, cuando un joven Hernando entró por la puerta general del hospital a toda prisa preguntando a enfermeros y médicos un número de habitación hasta que logró llegar a la de su padre, quien lo recibió con una sonrisa.

—Hola, hijo —dijo su padre, aquejado de dolor.

—Padre, disculpa la demora —respondió, melancólico.

—No te preocupes. Estás aquí y eso es lo que me alegra.

—¿Te están tratando bien? —tomó su mano.

—Sí, hijo. Escucha, sé que estás siguiendo la búsqueda que tuve que dejar por esta maldita enfermedad, pero... tienes que vivir tu propia vida. Es una búsqueda en vano...

Su recuerdo se alejaba, mostrándolos a ambos abrazados mientras su padre dormía poco a poco. Hernando sacó de su bolsillo un collar con la imagen de su padre, la besó y en su mente dijo: «Perdóname, papá, estoy tan cerca como para tener que rendirme».

***

Muchas horas después, José ya había llegado a Lima en una fría noche. Fue recibido por Carlos y mientras cenaban estuvieron conversando largo tiempo. Carlos no se aguantó más y le preguntó a José por su comportamiento tan aventurero.

—Así que... Huaraz. ¿Fuiste a ver a tu familia de...? ¿Cómo se llamaba ese pueblo? —indagó Carlos.

—Chingas... y no, fui por otra cosa —respondió José.

—No te preocupes si no puedes decírmelo.

—Ahora tengo que ir a Cusco —dijo José, interrumpiendo.

—Me estás preocupando —agregó Carlos—. No tienes cómo ir, ¿no?

—Te iba a pedir si podía usar mi parte de lo que ahorrábamos para ir de viaje —suplicó José.

—Tranquilo... recuerda que también es tu dinero, y si necesitas me avisas. Esto me recuerda a cuando en el colegio siempre me invitabas a comer en el recreo —dijo antes de quedarse en silencio por un momento, pensativo—. ¿Vamos? —agregó, sorprendiendo a José

—¿Quieres venir?

—Sí... yo también quería visitar Cusco. Déjame comprar los pasajes...

—¿Cómo está Sara? —preguntó José al ver de pronto una foto enmarcada de Carlos con su pareja.

—Ah, ella, pues... —Carlos titubeó.

—¿Rompieron?

—No es que hayamos roto, pero ella está trabajando lejos y pues nos dimos un tiempo.

—Emmm, ¿Cusco? —dijo José entre risas.

—Ya...ya —respondió entre risas también, sintiéndose descubierto—. Ya sabes por qué quiero ir. Ahora cuéntame tú.

—Bueno, te voy a contar, pero si te ríes, te saco tu....

José le contó a Carlos toda la historia de los huacos. Carlos se mostró incrédulo, pero su opinión cambió cuando José hizo que ellos se presentasen frente a él. A lo lejos, a través de la ventana del departamento de Carlos, se podía observar un alboroto marcado por estelas de colores y corrientes de viento. Al presenciar esto, Carlos creyó en las palabras de José, sonrió al darse cuenta de que la magia era real y se animó a acompañar a José en su aventura.

Antes de dormir, José llamó a su madre, quien estaba tranquila, pero con una voz que se mantenía fría.

—Hola, mamá, ¿cómo estás? ¿Sí estás comiendo, no?

—Sí, hijo... tu prima me sirve la comida apenas llego del colegio —respondió su madre.

—Ya falta poco para que regrese, tranquila... Mamá, te dejo descansar.

De pensar en lo que también estaba pasando su madre, a José se le formaba un nudo en la garganta al instante. Intentaba controlarse, y por eso le colgaba rápido, para que ella no se diera cuenta.

A la mañana siguiente, salieron muy temprano al aeropuerto. Mientras esperaban el vuelo vieron en las televisoras la noticia de cómo el templo de Huaraz mostraba esta nueva habitación. Muchos historiadores intentaban relacionar estos hallazgos con

los ocurridos en Caral, pero no tenían suficientes motivos para establecer dicha relación.

—Ahí es donde estuviste, ¿no? —consultó Carlos.

—Sí. Ese cuarto estaba tapado por una gran puerta de piedra.

En la televisión la reportera decía:

«Muchos historiadores siguen investigando muy a fondo para saber qué está sucediendo, mientras otros aseguran que la aparición de un tercer nuevo descubrimiento en algún templo inca podría estar próximo».

Después del viaje y de llegar a un hotel, descansaron esa noche para salir a la mañana siguiente. Sara, la pareja de Carlos, era una guía turística y tenía las facilidades para poder llevarlos fácilmente hasta el mismo Machu Picchu.

—¿Es la primera vez que vienes? —preguntó Carlos al notar a José completamente absorto el hermoso paisaje.

—No... pero nunca me canso de ver todo esto. Sara, muchas gracias por ayudarnos, fue muy rápido todo.

—No te preocupes —respondió Sara—, así son las cosas cuando uno tiene sus contactos. Ahora si quieren que los guíe podemos comenzar por acá.

Mientras caminaban por las ruinas de Machu Picchu, no pudieron dejar de notar la inquietud de José. Siguieron avanzando, pero llegó un momento en que él se detuvo por completo, quedándose quieto y observando la imponente montaña que acompaña a Machu Picchu.

—¿Qué pasa? —le preguntó Carlos.

—¿No ves eso? —contestó José, señalando la gran montaña Huayna Picchu.

—¿Qué? ¿La montaña? —consultó Carlos.

—Es Huayna Picchu —respondió Sara.

—¿Podemos ir? —José estaba ansioso.

—José, espera un momento... —Carlos intentó calmarlo.

—Escúchame, sé que es raro, pero veo un... brillo ahí.

—Está bien. ¿Puedes llevarnos? Por favor... —consultó Carlos a Sara.

—Claro, pero espero que tengan buen físico: subir Huayna Picchu no es cualquier cosa.

Antes de comenzar el ascenso a la gran montaña, repicó una llamada a José de su prima Guadalupe. Sorprendido porque pensaba que en esas zonas ya no tendrían señal, se llenó luego de preocupación.

—Dime, Lupe, ¿qué pasa? —preguntó él.

—José... tu mamá se puso un poco mal. Estamos llevándola al médico —le contó Lupe.

—¿Qué tiene? —preguntó, preocupando a Carlos y Sara.

—Se sintió algo mareada en el colegio, llamaron acá, te aviso para que vayas viniendo —le contó ella.

Lupe colgó la llamada, y en ese instante, la cabeza de José se llenó de dudas sobre qué debería hacer: si usar solo uno de los deseos para estar cerca de su madre y otro para curarla, pero luego pensaba que, al gastarlos, perdería la oportunidad de revivir a su hermano. Carlos le preguntó si se sentía bien, notando que José tambaleaba un poco, pero José no lo escuchaba. Con las manos presionando su cabeza, tomó una decisión: seguiría el plan original, creyendo que revivir a su hermano podría cambiar el destino de su madre y quizás también curar su enfermedad.

Así fue como iniciaron la caminata. Con Sara a la cabeza se dirigieron hacia Huayna Picchu, la gran montaña que adorna Machu Picchu. En el camino se cruzaron a Alonso que, al ver a José, se escondió entre las ruinas a hacer una llamada.

—Está aquí —dijo Alonso.

¿Estás seguro? —preguntó Hernando.

—Completamente.

—Síguelo, ya voy... —agregó antes de colgar.

El camino para ascender hacia Huayna Picchu era desafiante, ya que se debía transitar por empinadas escaleras al lado de barrancos. José simplemente avanzaba como si siguiera una línea imaginaria, mientras Carlos y Sara discutían detrás de él.

—¿Qué le pasa? ¿Han tomado algo? —comentó Sara.

—¿Qué? —respondió Carlos—. No... él está algo deprimido por lo de su hermano. Solo necesita alguien que lo apañe en estas sus escapadas. Yo lo veo un poco más tranquilo.

—Yo ya no lo veo... —dijo Sara al no ver a José en el camino.

—Pero si estaba ahí. ¡José!

—Es por acá —respondió José entre malezas fuera del camino.

—Pero, carajo... —dijo Carlos antes de pasar del otro lado de la cuerda que marcaba el camino.

—Espera... ¿Qué haces? No puedes hacer eso —intervino Sara.

—No puedo dejarlo solo.

—Si se enteran de eso puedo tener graves problemas.

—Si alguien pregunta no nos conoces, ¡volveremos! —gritó Carlos antes de perderse entre las malezas siguiendo a José, todo esto ante la mirada de un escondido Alonso.

—Esto es... —murmuró Sara.

Sara no esperó y siguió avanzando por lo que quedaba de camino. Carlos corrió intentando seguir a José, quien se movía cada vez más rápido y discreto hasta que se detuvo de golpe frente a una pequeña cueva.

—¿Esto es? ¿Nada de templos? ¿Estás seguro de esto? —indagó Carlos.

—Solo sé que es aquí. No sé cómo o por qué, pero... es aquí —respondió José.

—Pues vamos...

Carlos sacó su celular y lo usó como linterna. Conforme avanzaban por la cueva esta se hacía más grande, teniendo pequeños riachuelos y unos agujeros por los que entraba la luz iluminándola ligeramente. Caminaron hasta que se toparon con un gran muro de piedra, donde se detuvieron. Algo comenzó a vibrar dentro de la mochila de José: ambos huacos estaban sacudiéndose cuando de pronto la serpiente y el puma salieron de ellos.

—Este lugar… —dijo la serpiente.

—Estamos cerca —dijo el puma, mientras bebía del pequeño riachuelo que caía por el muro.

—¿Cómo se supone que subiremos? —consultó Carlos.

—No tengo idea —respondió José mientras deslizaba sus dedos sobre el muro.

José se pegó al muro buscando pequeñas salientes para escalar por ellas, así pudo subir unos cuantos metros antes de que estas se rompieran y él cayera.

—¿Estás bien? —preguntó Carlos, mientras lo ayudaba a levantarse.

—Sí…

—¿Qué pasó? Antes estabas muy ágil.

—Fui yo, te ayudé a encontrar este camino —comentó el puma.

—¿Ahora qué hago? —preguntó José.

—Piensa, José, algo se te ocurrirá —dijo la serpiente.

El puma, apoyándose de las paredes, llegó hasta lo más alto del muro con grandes saltos. Cuando la serpiente comenzó a subir, apoyándose entre las piedras y grandes raíces que había a los costados del muro, José vio que el brillo dorado de su cuerpo hacía brillar algunas partes del muro de forma escalonada.

—Ahora tú —dijo el puma a José.

—Inténtalo —mencionó Carlos—. Estaré aquí por si te caes.

José volvió a apoyarse en la pared usando las salientes que se iluminaron levemente. Poco a poco, fue subiendo, asegurándose de cada movimiento; fue tranquilo hasta la última parte del muro, donde el extremo que se iluminaba estaba lejos, como si para llegar a él se tuviese que dar un salto.

—Tú puedes —dijo el puma.

José vio todo lo que había subido, pero no le dio vértigo. Miró fijamente al extremo al que debía llegar y saltó sin temor.

—¿Estás bien? —gritó Carlos desde abajo.

—¡Sí! Creo que sí.

Luego de unos segundos recuperando el aliento, José terminó de subir el muro. Frente a él estaba la serpiente y el puma, quienes le asintieron con la cabeza.

—Bien hecho —dijo el puma.

—¡Sube por donde yo lo hice! ¡Es seguro! —le gritó José a Carlos.

Carlos subió poco a poco, pero demorándose más que José; tenía mucho miedo y temblaba en cada movimiento que hacía. «No mires hacia abajo» le dijo José, intentando calmar su miedo. Carlos realizó el último salto, quedando cara a cara con José. Ambos rieron, pero detrás de ellos apareció Hernando junto a Alonso y sus voces desconcentraron a Carlos, haciéndolo resbalar.

José se estiró lo más que pudo y logró sujetarlo de su mano. El peso de Carlos por poco lo hace caer, pero José pudo sostenerse de una piedra saliente del piso.

—¿Necesitas una mano? —bromeó Alonso.

Con todas sus fuerzas, José levantó a Carlos agarrándolo ahora del antebrazo. Carlos apoyó sus pies en el muro y con este impulso sujeto también el antebrazo de José, y poco a poco lo hizo subir. Luego de recuperar el aliento por unos segundos, ambos se levantaron y miraron a Hernando y Alonso, solo para luego ignorarlos y seguir avanzando.

—¿Crees que esto me detendrá? —gritó Hernando.

El puma y la serpiente observaron la oscuridad de la cueva mientras Carlos se levantaba. Entonces, el felino soltó un fuerte rugido que encendió las antorchas ubicadas en los muros de

la cueva y también iluminó algunos tallados quechuas en las paredes.

—¿Qué significan? —preguntó Carlos.

—Dicen que aquí descansa el gran amigo de Atahualpa —comentó José.

A lo lejos ya se veía lo que era la última repisa de barro. Estaba sobre una plataforma de piedra bien pulida, muy diferente a la piedra áspera y tosca de la cueva. Junto a la plataforma había un muro hecho a base de piedras de diferentes formas y tamaño. Dentro del muro había dos marcas como si se tratasen de puertas, pero estas estaban tapadas y llenas de otras piedras más pequeñas.

—¿Eso es? —preguntó Carlos.

—Sí... lo es —respondió José.

—El viaje ha sido largo, ve y reclama el deseo que tanto anhelas —intervino la serpiente.

José se acercó lentamente al huaco teniendo las pulsaciones de su corazón al máximo. Este huaco tenía relieves en forma de plumas a los costados y un pico tosco que apena se notaba al tacto. José lo tomó con la yema de sus dedos y esta, al instante, comenzó a brillar, pintándose de dorado. Al abrir el huaco, surgieron vientos como de una espesa neblina. El huaco comenzó a pesarle a José, lo que hizo que lo inclinara, cuando algo salió disparado con gran fuerza del huaco estampándose con el muro de piedra y abriendo de golpe las dos puertas tapadas que había en el muro. Un pequeño temblor se sintió en Machu Picchu, junto al sonido de unos aleteos y al fuerte canto de un cóndor. José, Carlos, la serpiente y el puma salieron por las puertas que recién se habían abierto, apareciendo en el templo de la luna del Huayna Picchu y desde allí vieron cómo un brillante cóndor sobrevolaba Machu Picchu, llamando la atención de turistas y locales.

Después de unos minutos, el cóndor volvió al Templo de la Luna donde se detuvo a hablar con José.

—¿Eres tú el que me ha liberado? —preguntó el cóndor.

—Sí, fui yo.

—Nos has reunido a los tres después de mucho tiempo. De mi parte tienes dos deseos.

—Mi deseo...

—Es tu momento, hermano —susurró Carlos.

—Mi deseo es...

Por la mente de José pasaban miles de recuerdos suyos con su hermano, su risa hacía eco en su mente, reflejándose en un sonrisa y lágrimas que caían por sus mejillas, después de todo había logrado reunir a la serpiente, el puma y al cóndor.

—Mi deseo...

De pronto, se escuchó un ruido que interrumpió a José.

—¡Alto! ¡Si aquí alguien se merece algún deseo soy yo! —exclamó Hernando, que llegaba al templo con muchas heridas y raspaduras en su cuerpo.

—Tú otra vez... —intervino Carlos.

—¿Merecer? —dijo el cóndor antes de iluminar sus ojos de un verde brillante.

—Mi familia sufrió... y sufrirá si no cambio todo esto —contestó Hernando al mostrar su mano temblando—: una enfermedad degenerativa... y es hereditaria, quiero curarla...

—Tú no quieres eso —dijo el cóndor con una voz muy grave mientras con sus alas creaba fuertes vientos—, esto es lo que en realidad anhelas.

Alrededor de las muñecas de Hernando comenzó a aparecer un brillo dorado que hicieron brillar sus ojos. En la cabeza de Hernando comenzó a hacerse eco unas palabras de su padre, que embriagado lo regañaba.

—De no ser por ti y tus estúpidas terapias yo estaría en Perú, buscando mis huacos y obteniendo la riqueza que me pertenece —le gritaba su padre, embriagado, mientras un pequeño Hernando solo lloraba.

—Pero... —murmuró Hernando.

—Podrás intentar mentirme, pero a través de tus ojos puedo ver realmente quién eres. Puedo ver en lo que tu padre y su ambición te han convertido.

El brillo comenzó a materializarse en pulseras de oro, pero su peso era tal que hizo caer a Hernando.

—Y bien... ¿Cuál era tu deseo? —dijo el cóndor dirigiéndose a José.

—Mi deseo... mi deseo combinará la magia de ustedes tres, puma, serpiente y cóndor... deseo... deseo que el accidente que cobró la vida de tres niños a puertas del colegio no haya pasado nunca.

—Regresar a alguien del Hanan Pacha tiene consecuencias graves. Te han de haber mostrado lo que pasó con Atahualpa. ¿Estás seguro?

—Lo sé... pero sí, estoy seguro, ese es mi deseo.

Las tres criaturas se pararon frente a José y lentamente comenzaron a encender sus ojos de diferentes colores: el puma tenía ojos amarillos, la serpiente de color azul y el cóndor de color verde. Tres brillantes estelas provenientes del cuerpo de las criaturas se proyectaron hacia el cielo y se extendieron como una gran onda de sonido.

—¿Funcionó? —indagó José.

—¿Eso es todo? —replicó Carlos.

A los pocos segundos, un brillo blanco comenzó a formarse frente a ellos, acompañado de fuertes vientos que iban creciendo poco a poco. De repente, una mano emergió de la luz, seguida por el rostro del hermano de José, cuya voz también se escuchó. Tan rápido como había comenzado, el brillo y los vientos desaparecieron de golpe, dejándolos profundamente intrigados.

—¡¿Dónde está?! ¡Él era mi hermano! ¿Dónde está? —exclamó antes de que sonara su celular—. ¿Hola? —contestó.

—Oye, no llamaste temprano. Andrés quiere hablarte —era su madre.

—Andrés...

—Hola, hermano —dijo Andrés—. ¿Llegaste a subir a la montaña verde?

—Sí... —respondió José mientras sonreía y lagrimeaba—. Sí, subí a la montaña verde.

De pronto, José comenzó a sentirse raro. Vio en su mano un extraño brillo que comenzó a extenderse lentamente por el brazo.

—Escucha, tengo que hacer algo. Llamaré luego —dijo rápidamente José.

—Está bien, hijo, ten cuidado —respondió su madre.

—Los quiero —contestó José antes de colgar—. Adiós...

José le dio su teléfono a un confundido Carlos.

—¿Qué está pasando? —preguntó su amigo.

—Supongo que este es el costo —le dijo con una sonrisa dibujada en su rostro—... prométeme que estarás para ellos, que no los dejaras solos...

—Sí... lo prometo, pero...

—Gracias, hermano, por todo...

José mantuvo su sonrisa mientras se giraba para observar a las criaturas, cada una brillando con un color distinto. Les agradeció, y mientras lo hacía, el brillo de las criaturas comenzó a expandirse, haciéndolo desaparecer del plano mortal.

El cuerpo de José se materializó sobre un suelo cubierto de nubes. Al aparecer estaba vestido con delgadas telas de color crema. Frente a él se erguía un enorme ser humanoide completamente dorado. Cuando esta figura movió su pierna, provocó un temblor que hizo que José cayera al suelo.

—Así que tú eres quien volvió a usar los huacos para retar a la muerte. Ya sabes el castigo que te espera, ¿por qué estás tan tranquilo? —preguntó Inti al ver a José con una sonrisa.

—Mi hermano está bien, mi madre está sana, las familias de los niños que reviví no sufren más y el culpable de todo tiene una oportunidad de ser alguien mejor, creo que todos ganamos.

—¿Y qué hay de ti? ¿Tú ganas también? —le preguntó, dejándolo en silencio por unos segundos.

—Yo gané desde que escuché a mi madre mejor...

—Te convertiré en un espíritu que vagará por el reino de los muertos por toda la eternidad... lo sabes, ¿no?

Inti levantó su báculo para lanzar esta maldición sobre José, pero un aura celeste sobre él se lo impidió.

—¿Y esto qué es? —dijo Inti antes de mover su báculo para mostrar un recuerdo de hace doce años.

Este recuerdo mostraba a la serpiente al lado de una cama de hospital, sobre ella estaba la abuelita de José ya en sus últimos momentos de vida.

—Amiga serpiente... —dijo Mamá Luz—, llegó el momento que me cumplas el deseo que hablamos durante tanto tiempo.

—¿Estás preparada para dejar este mundo? —consultó la serpiente.

—Lo estoy... deseo que tomes mi vida y que, añadido a tu magia, protejas a mi nieto José, mi vida, mi alma; no es suficiente para proteger a toda mi familia, pero sé que José siempre estará para ellos...

Los ojos de la serpiente se iluminaron a la vez que el monitor cardiaco mostraba una línea recta.

—No puedo creer que mi propia magia me impida imponer mi justicia —vociferó Inti.

—Entonces —dijo José mientras se limpiaba las lágrimas—, ¿qué harás conmigo?

—Solo queda un deseo y es del cóndor, así que no se podrá regresar a alguien a la vida, nunca más; aún no es tiempo de que te unas a tu familia en el Hanan Pacha.

En ese momento, Inti reunió frente a José el alma de la abuela y de su padre, haciéndolo romper aún más en llanto.

—Sí lo lograste —le dijo su abuela.

—Ustedes... ¿Ustedes me veían? —preguntó José.

—Claro que sí... siempre lo hacemos —respondió su padre.

—Siempre los vemos a todos —agregó su abuela.

—Hagamos un trato —interrumpió Inti—: cuando uses el deseo restante, las criaturas, todas, quedarán libres, pero siempre acudirán al llamado de los huacos, por lo que tú serás su guardián y protector, así cualquiera no podrá acudir a toda la sabiduría de mis criaturas.

—Está bien, es un trato.

Inti levantó su báculo y antes de que golpease el suelo José alcanzó a escuchar algunas cosas que sus familiares les dijeron.

—Estamos orgullosos —dijo su abuelita antes de desvanecerse.

—Dale un fuerte abrazo de mi parte a mi cholita; no sabes cuánto la extraño... —dijo su padre.

Cuando el báculo de Inti golpeó el suelo, lo movió como si fuera agua. Levantó grandes olas que envolvieron a José hasta que desapareció del plano espiritual donde estaba. En el Templo de la Luna aún estaba Carlos, que ya estaba caminando hacia los huacos para reunirlos. Hernando se mantenía aún inmóvil por el peso de las pulseras de oro, pero el repentino cambio del clima preocupó a todos. Una pequeña esfera de luz apareció sobre el piso del templo creciendo en tamaño hasta tomar forma humana. Era José, quien desde la luz de Inti volvió al plano terrenal.

—¿Qué pasó? —le preguntó Carlos, sorprendido.

—¿Qué hiciste? —indagó el cóndor.

—Un trato, cuando se terminen los deseos ustedes serán libres... y yo seré el que cuidará de los huacos.

—Y, bueno... ¿cuál es tu último deseo? —consultó el cóndor.

—El último deseo... —dijo José mientras veía a Hernando aún sin poder levantarse, vio también a Carlos y pensó en

Gabriel y César—. Quiero... quiero que todas las personas que estuvieron involucradas en esta mágica aventura tengan lo que más anhelan: amor —dijo pensando en su tío y Carlos—, éxito, suerte —pensó en César, el amigo de su padre—, salud —miró a Hernando—, ya que, de alguna forma, me hicieron llegar aquí.

—Me parece un buen último deseo —contestó el cóndor.

Los ojos del cóndor brillaron por última vez y junto a las otras criaturas se despidieron de José antes de salir del templo para perderse entre la vegetación del bosque que rodeaba Huayna Picchu.

—¿Eso es todo? —preguntó Carlos mientras se acercaba a José.

José volteó buscando a Hernando. No lo veía, ya que él se estaba escondiendo de su vista entre algunas piedras. Hernando miraba sus manos que poco a poco dejaron de temblar, solo sonrió y regresó por la cueva en busca de Alonso.

José se acercó para reunir los huacos, los tapó y los guardó con cuidado en su mochila, mientras por fuera del templo estaba caminando Sara, que solo ignoró a Carlos.

—Tú tienes que arreglar las cosas con ella —dijo José.

—Sí... lo sé. ¿Y tú qué harás?

—Iré a casa —le decía mientras veía el paisaje de Macchu Picchu— iré con mi familia.

José volvió con su familia. Al no haber ocurrido el accidente de su hermano, su madre estaba tranquila y bien de salud. Carlos decidió mudarse a Cusco para poder estar junto a Sara. César encontró una ventana de negocios que lo ayudó a poder estabilizar su empresa. Gabriel comenzó a dedicarle más tiempo a su familia y consiguiendo que su esposa aceptara volver con él, y después de unas semanas fueron a visitar a la familia de José, en aquella tarde, mientras los demás almorzaban, Gabriel contó cómo había comenzado a construir una cascada con piedras en memoria de sus padres y que cuando visitaran Chingas la podrían ver. Más tarde, José le mostró a Gabriel los tres huacos, los cuales ya no tenían esas líneas brillantes, parecían simples huacos de barro, pero esto cambiaba cada cierto tiempo cuando de la nada estos temblaban y brillaban nuevamente. Eran las criaturas que buscaban un lugar donde descansar, y como siempre eran acogidas por Andrés, le mostraban su agradecimiento contándole historias del antiguo imperio inca.

***

Para mi Mamá Luz.

Lecturas recomendadas

Sépalos de vida (Raúl Wilfredo Pérez Alarcón)

Las calles de Huarás (Omar González Guimaray)

www.ingramcontent.com/pod-product-compliance
Lightning Source LLC
LaVergne TN
LVHW040959150826
845672LV00002B/771
* 9 7 8 6 1 2 5 1 6 0 1 9 5 *